流淌的村庄

（全二册）

萧 冰 著
李春明 绘

中国商务出版社
·北京·

图书在版编目（CIP）数据

流淌的村庄：全二册 / 潇冰著；李春明绘.

北京：中国商务出版社，2024.8. -- ISBN 978-7-5103-5235-5

Ⅰ.I251

中国国家版本馆CIP数据核字第2024BW7854号

流淌的村庄：全二册

潇　冰　著　李春明　绘

出版发行：中国商务出版社有限公司

地　　　址：北京市东城区安定门外大街东后巷28号　邮编：100710

网　　　址：http://www.cctpress.com

联系电话：010—64515150（发行部）　010—64212247（总编室）
　　　　　　010—64513818（事业部）　010—64248236（印制部）

责任编辑：刘姝辰

排　　　版：冯旱雨

印　　　刷：华睿林（天津）印刷有限公司

开　　　本：710毫米 × 1000毫米　1/16

印　　　张：46　　　　　　　　　　字　　数：617千字

版　　　次：2024年8月第1版　　　印　　次：2024年8月第1次印刷

书　　　号：ISBN 978-7-5103-5235-5

定　　　价：238.00元（全二册）

凡所购本版图书如有印装质量问题，请与本社印制部联系

版权所有　盗版必究（盗版侵权举报请与本社总编室联系）

甲午春末作 梁在泉全图

目 录

第一章 梦寻故里

一、梦 / 3

二、大清河 / 5

三、大槐树 / 8

四、老井 / 11

五、老碾子 / 14

六、老宅子 / 16

七、土炕 / 18

八、风箱 / 22

九、大水缸 / 25

十、独轮车 / 27

十一、大坑 / 29

十二、村庄的土 / 33

十三、村庄的路 / 36

十四、月光下的老宅院 / 41

第二章 乡土乡情

一、乡音 / 47

二、起名 / 48

三、露天电影 / 49

四、大鼓和皮影 / 52

五、社员大会 / 55

六、拾粪积肥 / 58

七、收麦 / 61

八、吃喜宴 / 67

九、拜年 / 74

十、猫儿冬 / 77

十一、挑水 / 83

十二、拾柴 / 84

十三、挑菜 / 87

十四、割草 / 90

十五、拾白薯 / 95

十六、红高粱 / 96

十七、大白菜 / 101

十八、茄子 / 104

十九、菜窖 / 107

二十、大喇叭 / 111

二十一、赶集 / 112

二十二、小卖点儿 / 117

第三章　流年岁月

一、父亲母亲 / 125

二、赶大车 / 141

三、剃头匠 / 145

四、看医生 / 148

五、讲古言儿 / 150

六、猪倌儿 / 154

七、老味道 / 159

八、土方儿 / 164

九、针线活儿 / 170

十、家猫 / 175

十一、菜园子 / 180

十二、大地震 / 183

十三、我的小学 / 192

十四、我的中学 / 198

第四章　村野童趣

一、打弹弓 / 219

二、碰捶儿 / 220

三、挤油油儿 / 221

四、青瓜裂枣 / 222

五、扇啪唧 / 223

六、逮鱼摸虾 / 224

七、套知了 / 229

八、学自行车 / 230

九、甩猴儿 / 233

十、藏猫猫 / 234

十一、嚼甜秆儿 / 235

十二、玩儿打仗 / 236

十三、滑冰车 / 237

十四、爬树 / 238

十五、凫水 / 239

十六、下散海儿 / 240

十七、小人书 / 241

十八、杂耍儿 / 242

第五章　流淌的村庄

一、拓荒耕耘　繁衍生息 / 261

二、营桑农商　耕读传家 / 266

三、勇闯关东　回馈乡里 / 275

四、同仇敌忾　保家卫国 / 283

五、秉承传统　情满乡土 / 298

创作小记 / 325

第一章

梦寻故里

一、梦

1.混沌的傍晚,我走在回乡的路上。情急了,扇动着双臂,紧蹬着双腿飞起来。滑过村庄,越过河流。像一只苍鹰俯瞰着脚下的土地。

2.终究有一天,我会回到村庄,回到老宅子。摸索着走进老屋,向家人们打招呼,似乎没有回应。我小心翼翼地坐在炕沿儿上,呆呆地望着月光朦胧的院子。

二、大清河

3.小时候，大清河川流不息，逶迤入海。两岸芦苇婆娑，滩涂水草丰茂，鸟儿嬉戏玩耍。大清河伴我度过了童年少年，它就是我心中的母亲河

4.话说晚清村庄有一位老奶奶,裹着一双小脚,善与人交往。每到深秋季节,老奶奶端着一簸箕高粱米站在大清河边等候商船。"你们船上装的是大枣吧,听说你们山东的大枣忒好吃了,用高粱米换点大枣中吧。""中,来吧。"

5.大清河鱼虾丰沛,引来众多海鸟嬉戏觅食。儿时,常跟大人们到大清河打鱼摸虾。大人们利用张网、拉网、挂网捕鱼,我与小伙伴们趴在河边徒手摸鱼。

三、大槐树

6.大槐树伫立在村子中央。树干粗壮，树冠遮天蔽日。闲暇时，乡亲们常聚在大槐树下乘凉唠嗑，下棋打牌，讲古言儿。

7.四十年前,我背着行李卷儿,斜挎着书包,迎着朝阳,意气风发地从大槐树身边经过去外地读书。顾不上停留,回头看了一眼大槐树就匆匆离别了。"孩子,你长大了,去闯荡吧。"

8.大槐树深情地拉着我的手依偎着它的胸膛。不自觉中，我闭上双眼，仰起头，任凭滚烫的泪水顺着脸颊肆意流淌。"孩子，就让泪水把一路的艰辛、坎坷和忧伤冲刷得一干二净。抖落尘土，放松心情，去开启新的生活。"

四、老井

9.天大旱,眼看老井见底了。乡亲们只好推着独轮车,装上几只水桶到邻村打水。水桶表面放一层麦秸秆,防止独轮车颠簸时溅出水。

10.县里派来了驻村干部带领村民抗旱。众人扛着铁锹铁镐,拿着水桶水瓢来到"北树行子"找水。我也跟着去看热闹,拿着小煤铲子挖着玩儿。"找到水了,找到水了,甜水,快来尝尝呀。"

11.大旱过后,村里请来了古法打井队,终于打出了甜水。乡亲们奔走相告,拿着锅碗瓢盆跑到井边,喝一口甘甜清洌,脸上洋溢出憨厚的笑容。

五、老碾子

12.儿时，常跟母亲到碾棚玩耍。母亲背着苞米去砸碾子。用笤帚打扫一下碾盘上的尘土，苞米均匀地撒在碾盘上，边推碾滚子边用笤帚"揽碾子"。我在边上助推。

· 14 ·

13.闲暇时，爷们儿聚在碾棚唠嗑拉家常，说说笑笑，打打闹闹。娘几个坐在碾盘上，纳鞋底子缠线绳，张家长李家短。我与小伙伴们围绕碾棚跑来跑去玩耍。

六、老宅子

14.老宅院是一座典型的冀东民居,坐北朝南三间正房,两侧是东西厢房。父亲在院子里盖了兔子窝、鸡窝和猪圈。我常趴在兔子窝门口,拿几根菜叶逗小兔子玩耍。

15.大地震时，老房子只留下几根柱子还撑着房顶，不能居住了。父亲在院子里盖起了抗震棚。后来，拆了老房子，盖起了新房子，那已经是1979年的事情了。

七、土炕

16.早晨起来映入眼帘的是玻璃窗结的冰霜,房檐垂下的一排排冰溜子。围上被子,盘腿坐在炕上,忍不住对着玻璃窗哈气儿,融化出一个个小洞洞,隔着窗子向院子张望。

17.一家人一日三餐都在土炕上。小方桌放在炕中间,父亲母亲盘坐在炕桌正方,兄弟姐妹们围坐在周边。我不愿上炕盘腿,就坐在炕沿儿。不论吃的孬好,一家人围坐在土炕,那种感觉温馨、温暖、温情。

18.冬闲季节，土炕成了母亲的天地。婶子大妈们来串门，母亲忙着招呼客人，把火盆子推到客人面前暖暖手。母亲边纺线边与客人聊天，我们过年的新衣服也有指望了。

19.母亲让我帮着缠线绳。双手撑起线绳左右摇晃着,母亲缠成线团,纳鞋底子使用。母亲边缠线绳边给我猜谜语。我猜着不着边际的谜底,母亲与我笑出了眼泪。

八、风箱

20.清晨，我还在睡梦中，迷迷糊糊听到"呱嗒呱嗒"风箱声，就像亘古不变的闹钟一样提醒我该起床了。小时候喜欢赖床。母亲做好早饭了，喊一声"太阳照屁股了，快起来吃饭吧。"我才懒洋洋地穿上衣服起床。

21.风箱于我而言就是个大玩具。母亲做饭我抢着拉风箱。搬个小板凳坐在灶前，一手拉风箱，一手往灶膛里添柴火。一推一拉，伴随着风箱"呱嗒呱嗒"有节奏的响声，像是在跳"风箱舞"，感觉有趣好玩儿。

22.母亲在大铁锅里贴了玉米饼子,酸菜炖粉条,我帮着烧火,母亲忙别的事情去了。我惦记着出去玩耍,急着向灶火坑里填玉米茬子,使劲拉风箱。不一会儿,就闻到了焦糊味儿。好端端的一锅饭让我给烧煳了。

九、大水缸

23.雨季，井水浑浊，水缸沉积了不少泥沙。我家的水缸里养着几条鲫鱼，母亲说鲫鱼能清理掉水缸里的泥沙和污浊物。我常趴着水缸看鱼儿游动玩耍。

24.冬季，大水缸冻上厚厚一层冰。早起用斧头砸出冰窟窿取水。小时候，喜欢吃冰块。从大水缸里敲下几块冰，嘎嘣嘎嘣咀嚼，冰凉过瘾。

十、独轮车

25.七八岁时,母亲与远房三叔在院子里闲聊。我歪歪扭扭地推着独轮车玩耍。只听得"砰"的一声响,吓了我一跳,独轮车轮胎让我玩爆了。

26.长大点了,我与母亲到海边滩涂割草卖钱贴补家用。一天下来能割一两百斤草,用独轮车运回家。母亲推着车子掌舵,我用一条麻绳拴在独轮车前,套在肩膀上拉车。

十一、大坑

27.夏季，小伙伴们光着屁股，在大坑边戏水玩耍，逮鱼摸虾。趴在岸边，双手伸进淤泥里捉泥鳅。一只手抓泥鳅头部，一只手抓尾部，连泥带水捧起扔到岸上。

28.冬季，小伙伴儿们到大坑溜冰滑冰车。坐在冰车上，两只手握着钎子猛向后戳，使出吃奶的劲儿比赛谁滑得速度快。飞驰在冰面上，寒风嗖嗖地从耳边掠过。双手冻得麻木了，也不愿回家。

29.劳累一天的老少爷们儿到池塘里凫水，顺便洗个澡，酣畅淋漓。女人们也不甘寂寞，傍晚时分约上几个伴儿端着盆，在大坑东南角一个僻静的角落洗澡，顺便把衣服也洗了。

30.大地震时,大坑喷出滚烫的地下水夹杂着黑沙,把鱼都烫死了。大坑也被泥沙填平了,无法养鱼了,逐渐干涸废弃了。

十二、村庄的土

31.三叔,少小离家,到东北沈阳读书,后参军入伍。风烛残年,仍有一个未了的心愿,那就是回到生养自己的那片土地再看一眼。临走时,三叔用颤颤巍巍的手,从老宅院子里捧起几把泥土,装在塑料袋子里带回了城市。

32.村民们"脱坯"盖房，垒砌土炕；到河滩挖"蓑草疙瘩"砌墙；挖黏性碱土作为黏合剂。耕种在泥土，居住在土屋，吃睡在土炕，行走在土路，村庄人处处离不开泥土。

33.期待着再次回到村庄。责任田里种上小麦玉米,自给自足。老宅院里种植蔬菜,栽上几棵果树,享受四季瓜果梨桃。养三只羊、两头猪、一群鸡鸭鹅,把老宅子变成"农家乐园"。

十三、村庄的路

34.村庄的路堆满了麦秸、玉米高粱秸秆。土路泥泞,坑洼不平,两道车辙深陷路面。冬春季,车马经过,尘土飞扬;夏秋季,路面积水,泥泞湿滑,车马经过泥浆四溅。

35.记得有一年，大雪封门，父亲推开一条门缝钻了出去，扒开雪窝找出一把铁锹，与哥哥们一起铲除院子的积雪，挖出了一道"雪墙"通向街道。

36.母亲蒸了饺子,让我送给大哥。村庄主路泄到大坑的雨水,把路基冲出一米见深的水沟。我铆足了劲,踩着沟的两侧,倾斜着身体,先跑右边路,跨过沟再跑到左边,不一会儿就冲过去了。

37. 90年代中期，一家三口回老家探望父母。傍晚车到了邻村，距离家还有一里多路。天还下着小雨，土路泥泞，出租车无法通行了，只好下车步行。顶着小雨，挽起裤腿，背起背包，抱着孩子，蹚着湿滑泥泞的路回家了。

38.进入新世纪，土路变成了石渣路，石渣路变成了水泥路，水泥路又变成了柏油路，一直通到家门口，再也不用担心回家的路了。

十四、月光下的老宅院

39.月光下的老宅院,树影斑驳婆娑,轻轻游动,劳累一天的家人们已经酣睡。兔子睡了,鸡也睡了,麻雀、燕子也都睡了。忙碌一天的独轮车、铁锹、锄头沾满了露水,靠在墙边,也静静地休息了。

40.月上三杆,黄鼠狼从柴草垛下探出头来,伸着细长的脖子东张西望,抖落身上的草屑,晃着粗长的尾巴,蹑手蹑脚走到鸡窝旁,使劲挠鸡窝门。鸡子们被惊醒,"咯咯咯"地叫着,站起来摆出了格斗的架势。

41.不知何时,一条大青蛇爬到了房檐上,晚上出动捕捉麻雀。我想用竹竿把长虫赶走,掏麻雀蛋,被母亲制止了。"千万不能惊动常大仙,被它缠住会魂不附体,让你干啥就干啥。"

42.黄鼠狼顺墙根寻找食物,突然遇到了刺猬。黄鼠狼蹑手蹑脚走到刺猬身边,用爪子挠了挠它,感觉有点刺痛。刺猬也感觉浑身发痒,卷起了身体,滚了几圈,咳嗽了几声,算是跟黄鼠狼打了招呼,心照不宣地各自忙去了。

第二章

乡土乡情

第二章

きよと山

一、乡音

43.家乡话腔调婉转、节奏舒缓、语音悠长，外地人称为"老呔儿话"。离开村庄，讲话越来越矜持了，少了许多村野味。实际上都是端着的，回到村里又"原形毕露"了。

二、起名

44.村庄人大名、小名、外号一个也不少。我的乳名乡土味浓厚，母亲说好养活。上学时，父亲才给我取一个大名即学名，也被时代和谐了。平日里，小伙伴们互相称呼小名或者绰号，既顺口又幽默逗趣。

三、露天电影

45.电影机刚刚投影,小伙伴儿们欢呼雀跃,蹦蹦跳跳挥舞着小手挡住光柱,作出小兔子、老鹰、打枪等怪状投射到屏幕上。

· 49 ·

46.遇到刮大风，电影屏幕吹得鼓鼓的，投上去的人影变成了长长的弧形。风向变了，屏幕被风吹得抖动，投影也随着飘动，成了"动感"电影，不一会儿就头晕眼花了。

47.公社放映宽银幕彩色电影,十里八村的乡亲们都去看个新鲜。人们心情激动站起来看,前呼后拥,呈波浪状涌动,上演了"全武行"。我被人群裹挟着拥到了电影场中间,挤得两脚不沾地儿。

四、大鼓和皮影

48.从大队磨米厂拉出一根电线,安上电灯泡,摆一张桌子。一人说唱,一人三弦伴奏,演唱乐亭大鼓。说书人表情丰富,韵律婉转,动作夸张,风趣幽默。伴随着点点星光,说书人敲击大鼓声和说唱声传得老远。

49.母亲是个书迷。带着我去听书,听到半截我就睡着了,先把我送回家,母亲再回去接着听。我听不懂,就是凑热闹。借着微弱的灯光,围着大槐树与小伙伴们玩耍。

50.县皮影剧团到曹庄子公社演出。偷偷钻到舞台下看演员唱影儿耍影人儿。只见演员手掐着脖子，憋红了脸，声音顶到上嗓，唱腔悠扬婉转，抑扬顿挫。皮影人配合着唱词枪来剑往，上下翻飞，比在正面看还过瘾。

五、社员大会

51.村里的地主婆是个小脚老太太,瘦骨嶙峋,眼眶深陷,在群众仇恨的怒火下不敢抬起头来。一位贫农老奶奶声泪俱下控诉地主婆。"在万恶的旧社会,你游手好闲,天天大鱼大肉,我们却吃糠咽菜,过着牛马不如的生活。"

52.大集体时期,海洋鱼类产品也属于集体财产,个人是不能随意捕捞的。也有胆大妄为的村民去偷偷捕鱼,不小心被公社纠察队抓住了,自行车没收,渔网烧毁,还要游街批斗。

53.一位大婶放羊,不小心小羊羔吃了几颗生产队的青苗,被纠察队员抓了现行。大婶挎着篮子,里边放着几棵被羊吃得只剩半截的青苗,手牵着羊妈妈,后边还跟着两只小羊羔接受批斗。

六、拾粪积肥

54.生产队号召社员拾粪积肥。动物粪便掺杂沙土杂草,洒上水,堆成一个圆锥形土堆,麦胰子和成泥,抹在土堆表面,使土肥充分发酵腐熟。

55.红小兵积极参加拾粪积肥运动,支援农业生产。手拿着粪叉子,背着粪箕子夯拉到膝盖了,顶着刺骨的寒风,在村庄的犄角旮旯寻找动物粪便。

56.放学了,小伙伴们凑到一起去拾粪。讲好,谁先看见粪便就是谁的。等看到粪便了,一起往前跑,谁跑得快粪就是谁的了。同时跑到粪边,互不相让,粪叉子乱戳,把粪便都打散了,谁也捡不起来了。

七、收麦

57.生产队召开"三夏"动员大会。指导员站在土坡上"大伙注意了,按照县三级干部会议精神,要求我们做好三夏准备工作。打谷场要修整好,检修牛马车辆,镰刀要磨快磨光,牛马驴要多加点草料,喂足喂饱……"

58.壮劳力们猫着腰,两腿岔开,双手捋一把麦子攥紧,用力将麦子连根拔起,朝着左脚磕打几下,抖落掉根须上的泥土,一扑子一扑子放好。大婶大爷们用麦秸秆拧成"褴子",扎成"麦个子",搬到路边,运回打谷场。

59.茂密的麦垄里,时不时蹿出几只惊魂未定的野兔。众人放下手里的活儿,舞动着镰刀,大声吆喝,围追堵截。兔子东蹿西跳,跑出了包围圈。

60.总有些麦穗遗漏在麦地里，学校组织小学生拾麦穗，同学们三五成群来到麦田，顺着麦垄地毯式搜索。仔细寻找，不放过任何一颗麦穗，比赛谁拾的麦穗多。

61.夜晚，打谷场灯火通明，男女老少齐上阵，铡麦穗、碾轧麦粒、垛麦秸、扬场、摇风谷车、装麻袋，趁天气好抓紧打场，确保颗粒入仓。

62.老把式手持木锨"杨场"。用力迎着风头儿将麦粒抛向空中,划出一道道美丽的弧线,微风吹走麦糠麦秸,麦粒哗哗落下。

八、吃喜宴

63.吃喜宴，小伙伴们上不了正席，在院子里用门板搭起"临时餐桌"。喜宴能吃到猪肉炖粉条、饺子、面条、大锅炒菜。吃得好，还能吃得饱，比自家的饭菜香多了。

64.乡亲们的贺礼是"三子儿"挂面,俗称"喜面"。亲朋好友送三五元钱,俗称"随礼"。挂面用红纸或粉红色纸包装,喜庆吉祥。送的挂面摆在柜子上,向乡亲们展示。送得越多,主人越有面子。

65.同村的新媳妇，新郎把新媳妇领回家就行了。外村的，新郎骑着自行车把新媳妇驮着接回家。有头有脸的，借用生产队的大马车把新媳妇拉回家。新郎赶着马车拉着新媳妇，催马扬鞭，倒也显得原始浪漫。

66.新房院子作为结婚典礼场所。正房山墙挂上领袖像，摆上一张桌子，一位能说会道的长辈主持典礼。新媳妇进入新房，一群小伙子堵在门口不让新媳妇进屋，索要礼物，婚礼进入高潮。

67.掌灯时分，新郎新娘吃"当面儿饺子对面儿汤"。饺子寓意生儿子，面条寓意生女儿，加在一起就是儿女双全、幸福长久的意思。众人挤在屋子里起哄，催促着新娘新郎快点吃，众目睽睽之下新媳妇害羞得不好意思吃了。

68.夜深了，婶子大妈们开始铺被子。铺一层被褥，抓一把枣、栗子、花生撒在褥子上。枣栗子谐音"早立子"，寓意早生贵子，花生寓意儿女双全。念叨着："东扫扫，西扫扫，闺女小子满炕跑；东划拉，西划拉，闺女小子一扑啦。"

69.小男孩趴到被褥上"滚床单",寓意新娘新郎早生贵子。小男孩从炕脚滚到炕头,再从炕头滚到炕脚,滚三个来回。在众人的笑闹声中滚完床单,大家哄笑散去。新郎新娘入洞房了。

九、拜年

70.年初一，老早母亲就催促着起床吃早饭。饭前放一挂鞭炮，寓意"开门大吉"。噼噼啪啪之后院子"满堂红"，吃罢蒸饺子，母亲给我穿新衣服新棉鞋，戴上新帽子，跟着大人们乐呵呵地去拜年了。

71.兄弟姐妹们三五成群结伴而行，满大街喜气洋洋。大姑娘小媳妇花花绿绿，见面互相议论着穿的衣服戴的头巾是什么料子的，从哪里买的，说说笑笑中互致问候。"吃了大叔、大妈、大姨、大舅，过年好哇。"

72.记得七八岁时,到姑姥姥家拜年。吃饭前,趁大人们不备我偷偷跑回家了。母亲见到我很是惊讶,边给我解开棉衣扣边给我擦汗。"你咋自个儿跑回来了,吃饭了没有。""没有吃"。母亲害怕姑姥姥着急,让哥哥又把我送回去了。

十、猫儿冬

73.夹杂着土腥味的西北风,从大清河河套吹向村庄,任意肆虐,抽打着房前屋后的枯树老藤,不时发出呜……呜……的怪叫声。几只麻雀奋力振翅,朝大槐树飞去,还是偏离了方向,落在了枯柳上。

74.缩着脖子，抄着袖子，裹挟着棉衣棉裤的叔叔大爷们，或蹲或靠在大队磨米厂南墙根下，不时用油光锃亮的袖子擦着鼻涕。吧嗒几口老旱烟，仰着脖子，眯缝着眼睛，懒洋洋地晒油油儿唠闲嗑。

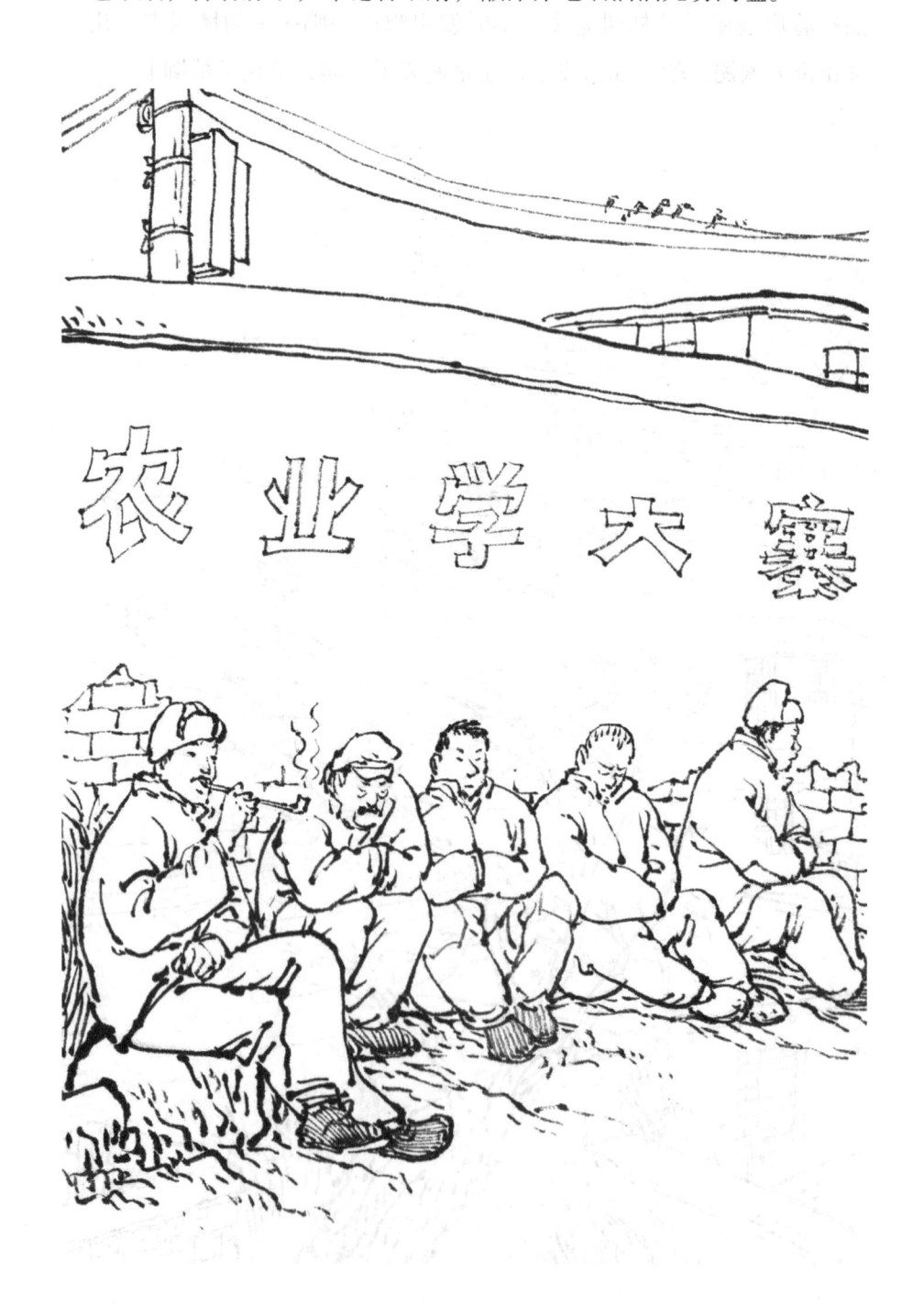

75.西北风也挡不住老爷们儿的心性。谁家的媳妇从大街上走过,挤眉弄眼开起了荤腥玩笑。"老跩媳妇,过来坐兄弟腿上吧,给你暖暖身子。""没个正经货,怎么不让你媳妇来坐呀。"你推我搡,你搂我抱,打打闹闹中驱赶了寒气。

76.伴随着温暖的阳光,栖息在破衣烂衫里的虱子异常活跃。被咬得奇痒难忍的老少爷们儿,肆无忌惮地把手伸进裤裆腋下抓痒痒,顺着线索去摸索虱子。捉到了,麻利地放到嘴里"嘎嘣"一声咬死虱子,张着"血盆大口"哈哈大笑。

77.农闲人不闲。婶子大妈们纺线织布,为一家人冬季穿衣保暖忙碌着。搓布秸、缠线、走绺儿等伙计也少不了我们小伙伴凑热闹。

78.快过年了,母亲坐在炕上,围在火盆子旁,给我们做过年的棉衣棉裤棉鞋。我在屋子里玩耍,母亲哄我猜寐儿说瞎话。

十一、挑水

79.十四五岁我就能自己挑水了。挑水,呈现出一种古典淳朴的美。有时碎步快走,有时大步慢悠悠,一起一伏,扁担、水桶和水一个节拍颤动,就像是在跳"担水舞"。

十二、拾柴

80.柴火也属于集体财产,生产队统一管理和分配。苞米秸秆用来做饲料,余下的分给社员做柴火。"苞米茬子"按人头按垄分给社员,自行刨出拉回家,晒干用作烧柴。

81.搂柴火的大耙子,由耙体、耙杆子、大排子、搭钩子、绳套等构件组成。秋后,肩扛耙杆子,在野地里行走搂毛草,俗称"搂大耙"。

82.柴草摆放在大街上,走进村子就像走进了柴草的世界。麦秸垛、苞米茬子、高粱秸子堆满街道。麦秸秆垛呈圆柱形,金灿灿、圆鼓鼓的,一道独特的乡村街景。

十三、挑菜

83.大清河畔的羊羊犄角、苣苣菜、盐蓿菜、蒲公英在春风抚慰下，抖落尘土钻出田间地角，昂首翘望。又到了小伙伴们挖野菜的好时节。拿起小镰刀，挎着篮子，三三两两蹦蹦跳跳地去野地里挑菜了。

84.钻进高粱棵,一片高粱地里总有几块盐碱地不长苗,长满了媳妇愁、马蓿菜、酸不溜。遇到几块盐碱地就能挑满一篮子菜。运气好还能找到几个小甜瓜扭儿。

85.小伙伴们趟过大清河去河东挑菜,溜溜达达来到一条大水沟旁。突然看到一条大青蛇钻入蛇窝。我拿起镰刀挖蛇窝,从窝里拽出来,抓住蛇尾使劲甩来甩去玩耍。

十四、割草

86.放秋假了，我陪母亲去海边割草。天刚麻麻亮母亲就喊我起床了，吃罢早饭，母亲把高粱米粥装在铝饭盒里作为干粮（午餐）。推上独轮车与二嫂搭伴儿去割草了。

87.一种俗称"芦根儿"的野草是优质的草料。蹲在盐碱滩上,一只手划拉着草,一只手拿着镰刀割,一堆堆放好,攒几堆装在柞子里背到独轮车旁。

88.烈日当空,毒日头照射在盐碱滩,蒸发得热气灼人。割草间隙,偷个懒,站起身,擦擦汗水。观看海鸟在湿地上空盘旋,闻着水草散发出的阵阵芳香,劳累却也是快乐的。

89.徒手"薅草"是个苦活。"蔴牙子草"长得细细长长、密密麻麻的,像蜘蛛网一样,喂食牲畜,也适合编制草帽。这种草不宜使用镰刀割,快捷的办法就是用手薅。

90."柞子"是用紫穗槐条编制的,能装百十斤草。草装满柞子,再站在柞子里踩结实,柞子撑得鼓鼓的。上面还要再码一些草,用绳子将草刹结实,俗称"刹码头"。弓着腰低着头把草背回家。

十五、拾白薯

91."放圈啦,放圈啦,"哗啦啦……,只见提着篮子、筐子、栅子,拎着镐头、铁锹、挠子的乡亲们,黑压压扑向白薯地,在密密麻麻的人群中翻刨,寻找着每一块白薯。

十六、红高粱

92.大清河两岸成片的红高粱映红了半边天。微风吹拂下,高粱穗红着脸,摇着头向乡亲们招手。高粱穗那甜美的气息,从大清河两岸飘荡到村庄上空,人们似乎闻到了高粱穗诱人的气息。

93.高粱熟了，小伙伴们盼望的秋假也到了，回到各自生产队参加秋收。已经厌倦了上课的我们，放秋假意味着暂时离开枯燥的课堂，在田野里尽情地玩耍，呼吸自由新鲜的空气。

94.掐高粱穗是个技术活儿，一般由妇女们完成。将"把寸"套在右手拇指和食指上，手拿把寸将秸秆掐断，一棵高粱穗就掐下来了。捆成"高粱头子"，搬出高粱地拉回场院。

95.秋后,家家户户轧制"白描笤帚"。用黏高粱苗子做大笤帚、小笤帚、炊帚。轧制精细,造型美观。"乐亭白苗笤帚"自清代以来既名扬海内外。

96.高粱米用于做粥，俗称"泠沥粥"。干重体力活，中午做一顿高粱米干饭，俗称"瞎秋米干饭"。我的大部分热量来源于高粱米。

十七、大白菜

97.立冬时节,大地雾气腾腾,一片银白,该收割大白菜了。生产队按人头称斤两分配大白菜,各家各户用独轮车将大白菜拉回家。掰掉烂菜帮子,去除根部泥土,晾晒几天,入窖储存。

98.母亲腌制一大缸酸菜,从冬季一直吃到春暖花开。大白菜晾晒两三天,蒸发掉一些水分。一层层码放到大缸里,撒上一些盐,加入适量凉水,一块大石头压在白菜上,一个多月就可以食用了。

99.赶上了,熬大白菜加些猪油渣。白菜汤飘着一层油花,盛上一大海碗,扒拉着菜大口往嘴里送,不一会儿一大碗白菜就下去了,吃得那叫一个香。

十八、茄子

100.村庄人喜欢栽种一种鸭梨型的绿皮茄子,称之为"水茄子"。茄子皮薄,肉质松软,含水量大,适合生吃。咬一口,水水的,甜甜的,解渴,一个茄子可填饱半个肚子。

101.秋后，冀东平原天气渐渐转凉。茄子秧逐渐枯黄，大人们不去管它了，任其自生自灭。此时，茄子秧还能结出歪歪扭扭不成熟的果实。每到这个时节，寻找茄子纽儿是我每天的必修课。

102.看菜园子的四爷眼神不太好,腿脚也不太利落。一个小伙伴去跟四爷聊天,转移四爷的注意力。我们两个小伙伴挎着篮子摘茄子。等摘满半篮子,拔腿就跑了。

十九、菜窖

103.入冬一直到春季，吃菜要靠"菜窖"。大白菜码放在菜窖的中间位置，底层铺上木棍和高粱秸秆，码一层白菜，铺一层高粱秸秆，保持通风透气，防止腐烂。

104.大人们下菜窖取白菜,我闹着要下去玩耍。踩着梯子下到菜窖,抱一棵白菜顺着梯子爬到菜窖口,母亲接上白菜。

105.有一次，几个小伙伴跳进一个废弃的菜窖，抄着袖子小脑袋凑在一起。孩子头儿大平，神神秘秘地从兜里掏出几根香烟。刺啦一声划着火柴点上，歪着嘴吐个烟圈，学着电影里坏蛋的台词，给我们做示范。

106.我家的菜窖是两用的,冬天做菜窖,闲时做防空洞。在菜窖两侧,挖出了几个半圆形的小洞,可以蹲进一个人用于藏身。菜窖的上边用柴草伪装,平时看不出是菜窖,迷惑敌人。

二十、大喇叭

107.大喇叭安装在大槐树杈上,传出的声音飘荡在村庄上空,邻村也隐约听得见。村庄人通过大喇叭获取信息,了解外部的世界。

二十一、赶集

108.偶尔,父亲带我去赶集。坐在自行车大梁上,那种兴奋劲儿就甭提了。能吃上一个肉饼、一张油炸饼,或者买一个耍物儿是我赶集期待的。

· 112 ·

109.马头营供销社百货商店位于街道中心位置。尖顶瓦房,四周布满柜台,商品琳琅满目。集日里人头攒动,熙熙攘攘。父亲带我去赶集置办年货,买几张年画,趁机买几本小人书。

110.供销社饭店门楼雕刻着"为人民服务"五个赭红大字,门楣上镶嵌着镂空铁制五角星,饭店里贴着鲜红的标语。父亲让我在饭店外看着自行车,自己进去给我买一块肉饼或两个油炸糕。不一会儿我就狼吞虎咽吃掉了。

111.马头营肉饼是远近闻名的传统美食。肉饼马蹄形,猪肉白菜馅或大葱猪肉馅,吊炉果木烘烤。肉饼色泽金黄,馅肥瘦相间,皮酥、馅香,味道香浓,那个"嘚儿"无法用语言形容。

112.一次,父亲借了生产队的牛车,带我去乐亭县城赶大集。其间,父亲去办事了,老牛拴在一棵柳树上,我在车上等。回来时父亲买了几个"缸炉烧饼"。我急不可耐地吃一口,皮酥脆,馅鲜香,太诱人了。

二十二、小卖点儿

113.供销社小卖点儿与我家对门。时常隔着窗户偷偷地张望,看着柜台里的糖豆、糖球儿、果子,还有苹果和梨,忍不住咽几口吐沫。

114.日常，家里打酱油、卖火柴我都抢着去。夹杂着果子、糖果、水果味的空气弥漫在小卖点儿，我喜欢闻那里的味道。剩下几分钱买几个糖球儿也是被允许的。

115.姨父售货员整天乐呵呵，见人就说笑逗趣。姨父好酒，每喝必醉。左手提着酒瓶子，右手挥舞着，迈着六亲不认的步子，唱着小曲，满大街"扭秧歌"。小伙伴们跟在姨父屁股后边看热闹儿，姨父还与我们说笑玩耍。

116.一位好酒的二爷，每天中午兜儿里揣着两毛钱，坐到小卖点儿柜台边。不用说话，售货员大哥称几块果子，从"酒嘟噜子"里打二两酒倒入搪瓷缸子。二爷抿一口，吃一块果子，不一会儿二两酒下肚，乐呵呵地拍屁股走人了。

117. 80年代初，父亲承包了大队的小卖点儿。后来，父亲又在家门口盖了一间门市房，小卖点儿搬回了家里，我上学的费用主要来源于此。父亲年岁大了，小卖点又传给了哥哥。也算冥冥之中圆了我的小卖点儿情节。

第三章

流年岁月

第二章

現代の落門

一、父亲母亲

爷爷奶奶

118.爷爷奶奶都是普普通通的庄稼人。记得,爷爷满头银发,慈眉善目,总是笑模滋儿地。平时,爷爷不紧不慢地忙碌着,拿把扫帚在院子里清扫,整理柴草,收拾杂物。

119.爷爷与邻居处得跟一家人一样,两家没有栅栏和院墙,爷爷每天都到邻居家好几趟。去了就在炕沿儿上坐坐,也不爱说话,瞧瞧这,瞅瞅哪。过一会儿又回来了,还是不说话,坐一会儿又走了。用家乡话讲叫"彩的呃"。

120.三十晚上,爷爷对奶奶和大妈说自己要包饺子。爷爷把和好的面分成两份,擀了两张铁锅大的面皮,一张面皮放到平贴上,一盆饺子馅全倒上去,另一张面皮盖在上面,将两张面皮边角捏在一起,做成了一个巨大的"饺子,俗称"编王八儿"。

121.爷爷说:"饺子做熟了,你们都来吃吧。"大妈揭开锅,看到锅里的"大饺子"惊呆了。一个巨大的乌龟装的东西躺在大锅里。一家人没办法将就着吃了。实际上是爷爷对奶奶大妈玩牌提出的抗议。

父　亲

122.儿童团开展抗日救亡运动。父亲当了儿童团长,自己做了一把红缨枪。日常,父亲组织儿童团员训练,唱救亡歌。站岗放哨,检查来往行人,为八路军游击队传递情报。

123.父亲17岁参军入伍。一次,部队夜间转移路过一座桥梁,遭遇敌人伏击,父亲右脚踝被枪弹贯穿。事后落下残疾,认定为"三等残废军人",获得"华北解放纪念章"一枚,并在部队加入了党组织,后父亲转业到地方工作。

124.造反派闯到家里抄了家,将父亲五花大绑戴上用报纸糊的尖帽子,用糨糊箍在衣服上粘上标语"我是走资本主义道路的当权派"。押到学校操场接受群众批斗。

125.父亲的几本工作日记有幸保存下来，记录了三年自然灾害时期群众的生产生活情况。父亲带领公社和村干部想尽一切办法解决群众"吃、穿、住、烧、治"等基本生活需求。工作细致入微，以较少的损失渡过了难关。

126.大地震后,父亲组建了一个公社建筑工程队到唐山参与城市恢复建设。父亲揽到一些建筑工程,城市建设基本结束后,解散了工程队又回到了村庄。

127.父亲为了我的学费，找了一份集贸市场收费员的临时工作，从天亮到中午一个大半天挣1.2元。80年代初期，父亲又申办了一个小百货牌照，推着独轮车到大槐树下卖货，每天能挣1元钱。

128.读大学期间,父亲每次写信都忘不了嘱托我几句。每一封信都饱含着一位父亲对孩子的殷切期望。"要努力学习文化知识,干一行,爱一行,将来好好工作,为实现四个现代化贡献自己的力量。"

母 亲

129. 1944年深秋的一个夜晚,一个小女孩行色匆匆地向村南一片坟地跑去。区委女干部从包袱里拿出一面党旗,区小队干部两臂撑起,小女孩面向党旗,举起右手,攥起拳头,庄严宣誓。入党的小女孩就是母亲,时年十五岁。

130.听母亲讲，不论白天黑夜，刮风下雨，游击队来了紧急情报，母亲和小姐妹们都立即动身，顺着交通壕迅速传递情报，按时把情报送到下一个村庄。日常，母亲与妇救会的姐妹们给八路军游击队员送干粮、军鞋军袜。

131. 1948年，母亲毅然决然带头报名参军。在冀东区党委卫生部担任卫生员，后转入遵化县妇联会工作。小时候，母亲在部队的照片还镶在镜子里，两个女战友，母亲站在中间，头戴军帽，身着军装，面带微笑，英气庄重。

132.母亲蒸了玉米面掺杂麸糠窝窝头,当着邻居面不好意思揭开锅。趁人家不在厨房的空当,赶紧把窝头端进屋。高粱糠放多了,窝头蒸熟后散架了。一家人只好抓一把麸糠艰难地咀嚼着,喝一口萝卜条汤,吞咽下去。

133.母亲晚年中风半身不遂,卧榻多年。我回家看望母亲,母亲躺在炕上,见到我硬撑着要坐起来。我赶紧劝说,她非要起来。我扶她,她不愿意,自己硬撑着慢慢挪到炕边,靠在山墙上。

二、赶大车

134.二叔卧室的山墙上恭恭敬敬地挂着一杆鞭子。枣红色竹鞭杆,鞭梢锃亮。闲暇时,二叔在院子里甩上几下,听着"啪啪"的响声,二叔似乎又回到了属于他的那个年代。

135.二叔年轻时是生产队的车把式。二叔的胶皮大车,一匹驾辕马,一匹长套马,一头边套驴。出工了,二叔"长鞭呀,那个一呀甩呀,啪啪地响哎。"脸上洋溢着自豪的笑容,跟驾驭千军万马一样雄壮威武。

136.二叔个子不高，精瘦干练，皮肤黝黑，脸上布满深深地皱纹。如今，二叔已是七十多岁的老头儿，臂膀上还能明显看出隆起的肌肉。院子里养了鸡鸭猪羊，小日子过得任性自在。用二叔的话讲："我一个人吃饱了全家不饿"。

137.早饭前,二叔提起十斤装的塑料酒壶,嘴对嘴,抿一大口。含在嘴里,不急于咽下去,品味着酒的苦涩和醇香。几十秒后,二叔瞪着眼,脸上出现既痛苦又幸福的表情,"咕咚、咕咚"分三次咽下。二叔管这叫"张一个喇叭"。

三、剃头匠

138.村子里最后一位剃头匠,我称呼大伯。大伯五十多岁,一米五几的个头儿,操着外地口音,都叫他"小咔子"。大伯常戴着两个耳朵的棉帽子,耳朵上翘,走起路来忽闪忽闪的,瘦削的脸庞常常挂着笑容。

139.大伯剃头招来路人看热闹,边看边起哄,鼓捣大伯这儿多剪一刀,那儿少刮一刀。大伯逗趣迎合众人,这多剪一推子,那少剪一推子,逗得大家开怀大笑。末了还是要修剪整齐的,总能让乡亲们满意而归。

140.父亲每次拉着我去剃头,我都不肯就范,给我一块糖哄着才肯去,每次都是赖了吧唧地把头剃了。大伯哄着唠着,不知不觉中就给我剃完了

四、看医生

141. 小时候，我怕打药针，闻到风声就逃之夭夭。有个头痛脑热的，母亲的土方子就解决了，或者干脆扛过去。一次，学校组织学生打预防针，趁老师不备我逃跑了，结果被舅舅发现又抓了回来，只好硬着头皮补打了。

142.一次，我烧得五迷三道，找来赤脚医生大舅给我诊治。待到大舅从医药箱里拿出针筒和针头，直接给吓懵了，哭闹着坚决不打针。父亲与哥哥不容分说把我按在炕上，扒下裤子，大舅照着我的屁股蛋子麻利儿的就是一针。

五、讲古言儿

143.三爷身材瘦小，走路慢悠悠病恹恹的，人送外号"三恹子"。三爷九十九岁无疾而终，看来这个绰号让他受益匪浅。三爷是村子里的故事大王，肚子里有讲不完的笑话。

144.夜晚，众人围着三爷或蹲或坐。晚辈们央求着"三爷讲个故事吧"。三爷笑嘻嘻的故作矜持。"叫我讲故言儿，得叫我一声三爷。"晚辈们齐声喊"三爷"。三爷欣然笑纳，开始了他海阔天空的"扯瞎话儿"。

145.村子里的四爷爷擅长"猜寐儿"。我喜欢与四爷爷唠嗑,说着唠着就给我猜寐儿。一天之内只给我讲三个谜语,次日还要我讲给他听,记住了才讲新的。四爷爷还有一个绝活儿,用秫秸秆做"笛儿",闲暇时坐在大槐树下吹奏。

146.我和母亲骈腿坐在炕上。母亲教我唱童谣,笑得我与母亲前仰后合,上气不接下气,笑出了泪花。"哏儿嘎哏儿嘎拉大锯,姥姥家门口唱大戏。接闺女带女婿,外甥外甥女也要去。""老扁儿老扁儿簸簸箕,你抬手,我过去。"

六、猪倌儿

147.天刚麻麻亮被母亲喊起来，揉搓着朦朦胧胧的眼睛，到生产队养猪场替父亲喂猪，由此我跟二师兄打上了交道，那时我也就十多岁。

148.到了"开饭点儿",二师兄们哼哼唧唧的要饭吃。"馇猪食"以野菜为主,加少量麸糠熬制。一两百斤野菜,用大菜刀剁细碎。

149.菜放到大铁锅里,加水没过菜,水烧开了再加几勺麸糠,盖上蒲盖子,烧柴火熬制。烧得咕嘟咕嘟冒泡了,再加一把火,猪食就煮好了。

150.我用两手提着一只水桶,摇晃着提到猪圈旁。猪食倒在槽子里,打开猪圈门放出猪吃食。还没等我倒上猪食,二师兄们就等不及了,集体拱猪圈门,放开嗓子哼叫。

151.半夜三更父亲把我喊起来,搓揉着惺忪的眼睛,提着马灯到养猪场接生小猪仔。父亲剥掉小猪仔包衣,剪掉脐带,用毛巾擦拭干净,交给我小心翼翼地放到草垫子上,一一摆开。心想,"多生一只,就多为集体增加一份收入。"

七、老味道

152.村庄的猪肉炖粉条,用大铁锅烧柴火煮炖,带有"锅气"。煳煳的、香香的、烟熏的味道。一大块肥瘦相间的炖肉塞到嘴里,配一口红小豆干饭,闭着眼睛,慢慢咀嚼,肉和米饭交融的香醇滋味,浸润着每一根神经。

153. 家乡的蒸饺子皮薄馅大，大铁锅蒸制保留了饺子馅的鲜香。蒸饺子雷打不动是猪肉白菜馅的。咬上一口，汤汁顺着嘴角流下，水灵灵，香甜甜，从口腔美到心里。

154. "干饹馇"是家乡的传统特色美食。过年过节、婚丧嫁娶必不可少的一道配菜。干饹馇色泽金黄，富有韧性，或炒或熬或炸或溜，色美味香。

155.进入腊月,母亲开始张罗着蒸黏豆包。做上几大锅放到大缸里冻上,吃的时候拿出来温热。母亲做的黏豆包皮大馅足,吃起来香甜软糯。

156.母亲用大黄米面、芝麻、红糖、艾蒿制作"艾子饽饽"。艾子饽饽金黄色,吃一口香甜黏糯,入口绵软,带有浓郁的黄豆粉香和芝麻香味儿。母亲不时提醒"艾子饽饽黏腻,不好消化,吃多了会撑坏肚子的。"

八、土方儿

157.记得五六岁时，中午睡觉醒了，迷迷糊糊睁开眼从炕上爬起来，一个人也没有见到。我害怕了，大哭大喊，双手使劲锤门，扒着门缝向外张望，哭喊着找妈妈。不知过了多久，母亲回来了，赶紧打开门把我搂在怀里。

158.母亲轻轻地从我的后脑勺向前摩挲,边摩挲边念叨,自问自答,"摩挲摩挲毛儿,吓不着,摩挲摩挲尾儿,吓一会儿。狗儿回来了没有?回来了。"连续念叨三遍。不多时,我也就慢慢恢复正常了。

159.母亲嘴对着我磕碰的地方"噗噗"吹几口,再对碰我的什物拍两巴掌,反复念叨几遍。"看你还敢不敢碰孩子了。好了,不哭啦,妈打它了,再不敢碰你了。"经母亲这么"一吹""一打"还真的就感觉不痛了。

160.割紫穗槐树条，镰刀顺着树条子向上滑动，手背划出一道口子，流血了。急忙跑回家，母亲拿出一块墨鱼壳，刮下一些粉末，撒在我的伤口上，感觉手有点刺痛，立马就止住了血。

161.冬季，手脚耳朵脸蛋子常被冻得皴裂了，肿得像豆包一样。母亲让我和姐姐去后院大树下捡拾麻雀粪。母亲将麻雀粪研磨成粉末，加水搅拌成糊状，涂抹在手背上，再放到火盆上烤烤，连续涂抹几天冻伤就有所好转。

162.偶感风寒了,不愿意吃饭,这时母亲就通过饮食进行调养,常见的就是做白面疙瘩汤。加些酸菜做成酸汤面,喝一碗热乎乎酸乎乎的汤面,捂上棉被,头上再放一块热毛巾,一觉醒来体温就会下降,感觉轻松许多。

九、针线活儿

163.儿时,光溜溜地穿上空心棉袄棉裤,晚上睡觉脱掉就成"光棍一条"了。打怵的是早晨起来,穿上冰凉如铁的棉衣裤,免不了打几个寒战,全靠体温把棉衣棉裤暖热。

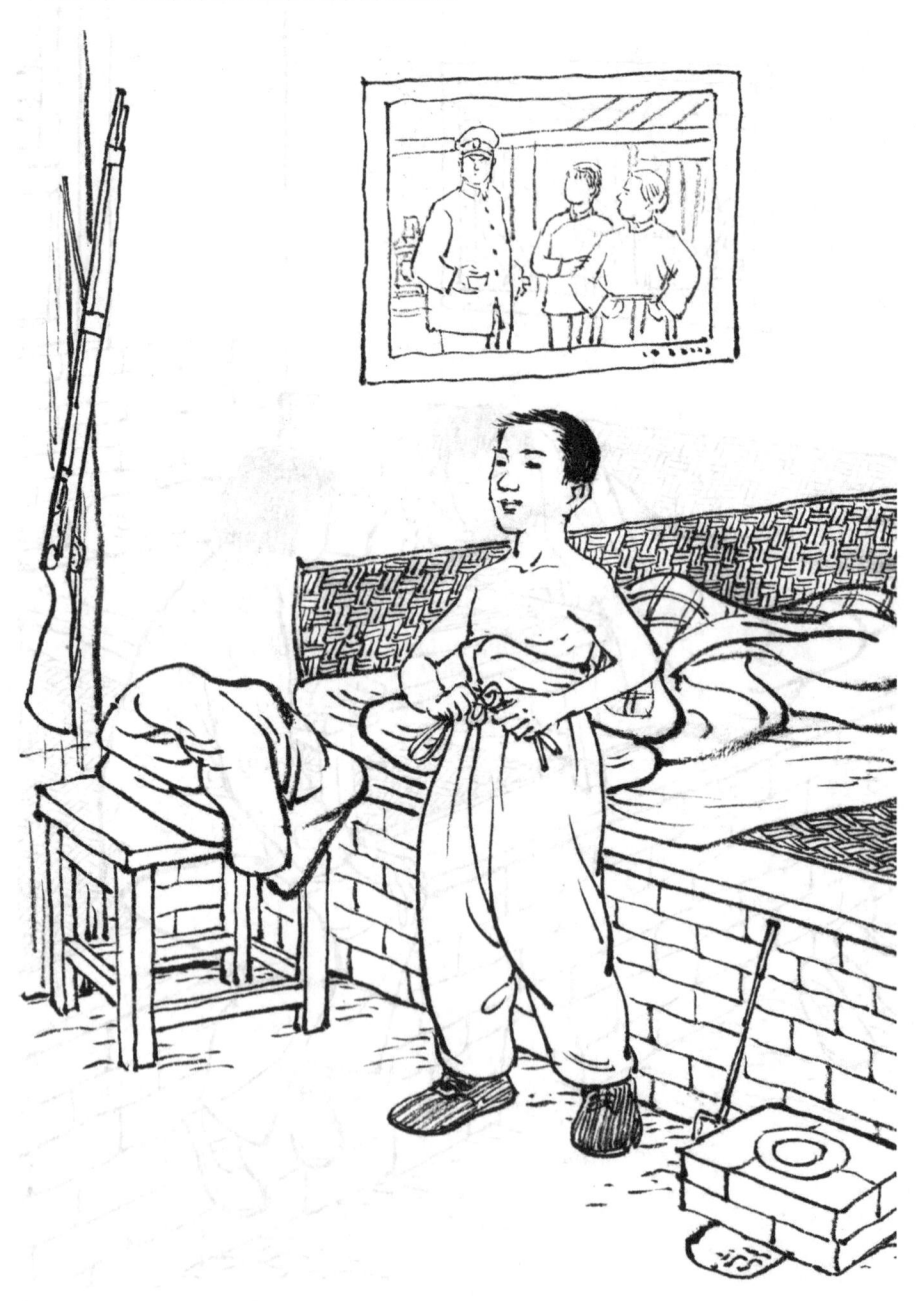

164.双腿蹬进母亲做的掩裆裤,裤腰左右交叉打褶掩住,扎上一条粗布带。裤腰到了胸部,感觉整个人都被装进了棉裤里。走路或者坐下,裤裆处鼓起一大坨。解下裤腰带耷拉到脖颈上解手,滑稽有趣。

165.打"袼褙"用的是破旧布条,俗称"铺衬"。桌子或者门板子刷上一层薄薄的糨糊,铺上一层旧报纸,报纸上再刷一层糨子,放一层碎布条,如此反复粘贴五六层,铺衬就成了袼褙。

166.母亲手工缝制千层百衲底条绒面乌眼儿棉鞋。时不时地拿锥子在头皮上蹭几下,增加锥子的润滑度,纳鞋底子扎孔顺滑省劲儿。

167.小伙伴们打闹玩耍,新棉衣不久就磨破了。胳膊肘、膝盖、袖口露出棉花,像个"小叫花子"。母亲用旧布条缝补在棉衣裤上。屁股圆圆的两块补丁,还真有点残缺的美。

十、家猫

168.家猫个头不大也不小,头和背是黄颜色的,脖子和肚皮是白色的,圆脸,胖爪,琥珀色的眼睛炯炯有神,温顺可爱。我常把它搂在被窝里,让我在寒冷的夜晚感到了温暖。

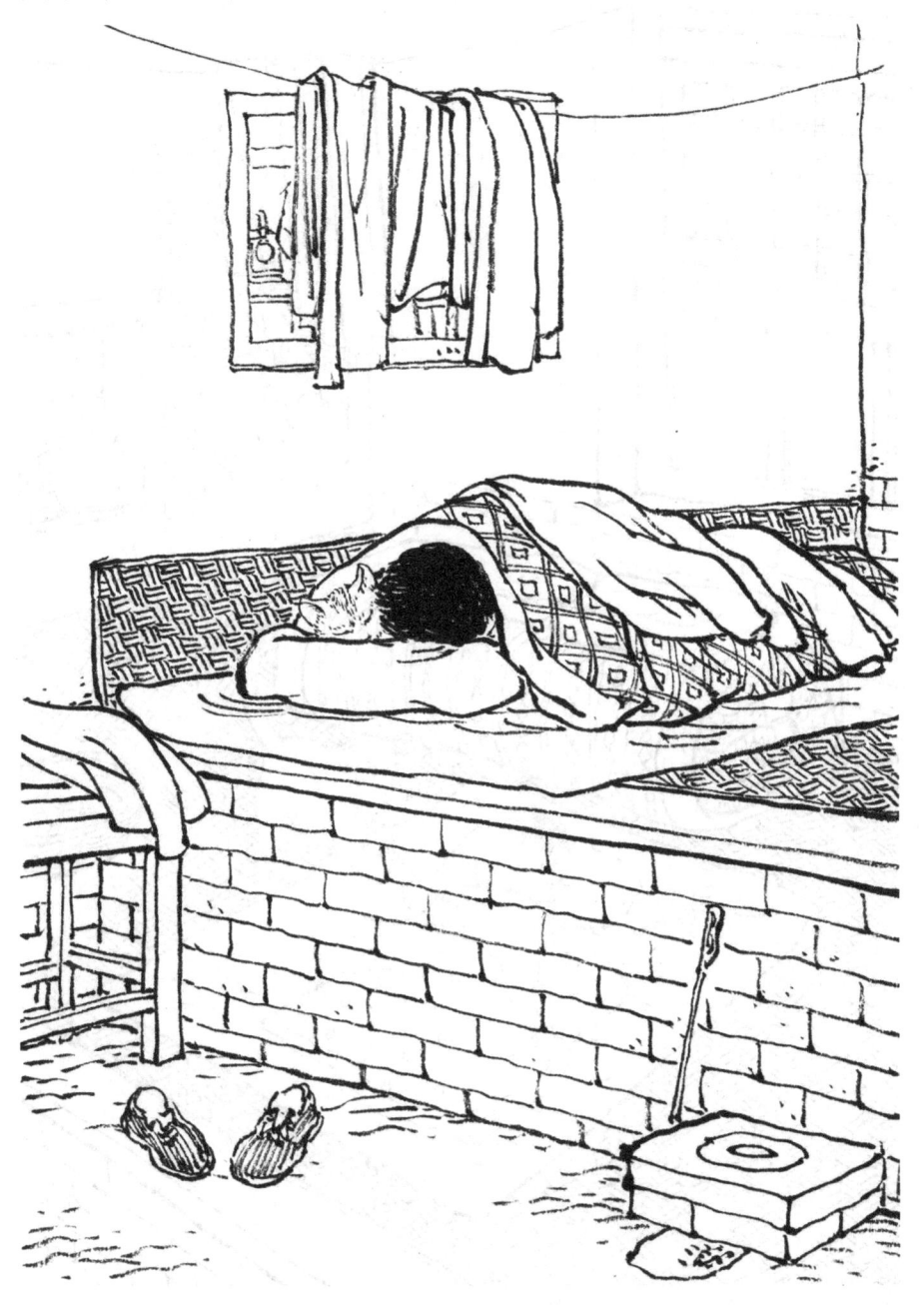

169.嗷嗷待补时，我躺在炕上，家猫用深邃的目光看着我，我也看着它。它"喵喵"叫两声，好像在向我打招呼，我也嗷嗷喊几声表示回应。我跟家猫差不多大小，它用爪子轻轻抚摸我的小手，我也下意识地触摸它的手，毛茸茸的。

170.家猫年轻力壮时，是捕捉老鼠的能手。那时的老鼠与猫是死对头，老鼠见了猫，就像现在动画片里"猫见了老鼠"。家猫碎步前行，匍匐在地，趴在老鼠洞边。老鼠探出头来，以迅雷不及掩耳之势冲上去死死地咬住老鼠。

171.夜半三更，家猫从猫洞跑出去，到大坑为我去抓鱼。家猫蹲在池塘边，紧盯着水面。鱼游到岸边，迅速用利爪抓住，死死咬住，奔跑着叼回家。进屋把鱼放在碗里，又跑出去抓鱼了。

172.我渐渐长大了,家猫却渐渐苍老了,身子也变得懒惰了。突然有一天,家猫不见了。我找遍角角落落,不停地"哗儿哗儿"地叫着,嗓子都快叫哑了也没有找到它。我哭着闹着让母亲去找家猫,可找遍了村子也不见猫的踪影。

十一、菜园子

173.春季，种上小白菜，边长边收割。韭菜吐出嫩芽一茬茬收割，从春季一直吃到秋季。清明前后栽种西红柿、黄瓜、茄子，夏季蔬菜就够吃了。边边角角，栽上爬藤瓜果，秋后倭瓜、葫芦、癞瓜果实累累。

174.一次,我从栅栏缝隙偷偷钻进菜园子。趴在黄瓜架下仔细寻找,突然发现一根大黄瓜,又惊又喜,觉得别人没有发现被我撞见了。蹲在菜地里,不一会儿就吃掉了,撑得打着饱嗝。

175.吃了好一阵子了,满口还弥漫着黄瓜香味,无法抵赖了,只好乖乖就范。"小兔崽子,你把黄瓜种给吃了,明年咋长黄瓜呀。""我不知道哇,看着长得又粗又大就给摘了。"

十二、大地震

176.午后，高粱玉米耷拉着脑袋，地瓜叶子从两边卷向中间。村里的狗无缘无故狂吠，家里的鸡鸭鹅，扇动翅膀往墙头上飞。街上飞舞着密密麻麻的蜻蜓，小伙伴们拿着扫帚满大街追逐蜻蜓。

177.五更天，感觉房子在摇晃，伴着沉闷的隆隆声，人在炕上滚动，还以为是在做梦呢。忽然听到柜子上的瓶瓶罐罐碰撞声，房顶开始掉土渣，山墙土坯掉了下来砸在了我的腿上，感觉疼痛，这时我才从睡梦中惊醒。

178.母亲大声喊"地震了,快起来",把我从炕上拽下来。慌乱中,母亲拉着我和姐姐踩着瓦砾,跟跟跄跄向屋外走去。房门被砖头瓦块堵住打不开了。父亲和母亲里应外合搬走砖头瓦块勉强扒开一道门缝,慌慌张张地跑到院子。

179.惊恐万状的乡亲们跑到大街上,嘈杂声、呼喊声,乱作一团,大家议论着,茫然不知所措。天刚蒙蒙亮,众人站在大街上。只见人们裹着被单的,顶着被褥的,穿着短裤光着身子的,满大街都是惊慌的面孔。

180.生产队看饲养处的老大爷，习惯光着身子睡觉。来不及穿衣服光溜溜地跑了出去，到了大街上才感觉自己光着身子，只好用手遮住下体，蹉缩在墙根。一位邻居找了一条小手绢给他系到下体上，总算遮羞了。

181.天渐渐放亮，下起了小雨，余震不断。人们逐渐从惊慌中回过神来开始自救，从倒塌的房子里扒人。一位五六岁的小妹妹被压到屋里了，大人们奋力扒开残砖乱瓦，把小妹妹从废墟中抱出来，满脸是血，不久就断气了。

182.房屋东倒西歪不敢进去住了。父亲和邻居找到一些塑料布、席子、门板，借助院子东南角的一片小树林，垫几块砖头，铺上门板、炕席，搭起了一个窝棚，与邻居三家老小钻进窝棚躲雨。

183.刚吃过晚饭，正在大街上玩耍，忽然村子西边天空闪过一道弧形蓝色光芒，映衬的天空五颜六色。之后，轰隆隆地动山摇，尘土飞扬，鸡飞狗跳。大人小孩哭喊着吆喝着，扶老携幼从村西头往村东头奔跑。

184.房屋没法居住了。各家各户在院子里、街道旁，用高粱秸秆、玉米秸秆、木棍搭起窝棚。震后，阴雨连绵一个多月，外边下大雨，里边下小雨，被褥全都淋湿了。

十三、我的小学

185. 8岁我上学了。村庄有一所五年制小学校，校址原是三官庙，后废除了庙宇办成了小学校。三间教室，校门朝西，我的小学时光就是在这里度过的。

186.入学不几天,崔老师教我们读汉语拼音。同学们着急了,向窗外张望,盼望着早点下课跑出去玩耍。"找一位声音大的同学,读一遍拼音字母就下课。"我读完了,崔老师说"声音洪亮,吐音清晰,继续努力,下课吧"。

187.二年级，我光荣地加入了"红小兵"。崔老师给我们戴上红领巾，心中悠然升起一种自豪感。当我戴上红领巾的那一刻，看着鲜红的红领巾飘荡在胸前，感觉自己成为一名光荣的无产阶级革命小将了。

188.三年级,我荣幸地被王老师委任为"炉长"。每天我比其他同学早半个多小时到达教室。身背书包,手提一把大斧子,怀抱着引燃煤炉子的柴草和树墩子。用斧子将树墩子劈开,引燃炉子。

189.学校开展勤工俭学活动。校院里养了几只羊、几十只兔子。利用课余时间捡拾废塑料、麻绳头、碎玻璃、废旧报纸、知了壳、海兔子、海马等等,交到供销社采购站。

190.学雷锋小组同学们唱着《学习雷锋好榜样》为烈军属、五保户担水劈柴，清扫院子。老奶奶："这下有水吃有柴烧了，你们都是好孩子，谢谢啦。""奶奶，不用谢，这是我们应该做的！"

十四、我的中学

191.读初中时，恢复了普通高等学校招生全国统一考试。教数学的李老师考取了中专，触动了我。我想，我也能通过考试，成为老师那样的人，我可不想一辈子窝在村里。暗下决心好好学习，将来能考上大学成为城里人。

192.李老师十八九岁年纪，中等个子，五官端正，帅气阳光，穿着笔挺的军装，脚蹬高帮运动鞋。走起路来挺胸抬头，目不斜视，大步流星。我感觉这种走路姿势阳光帅气，偷偷跟在老师后边学他走路，上演了现代版的"邯郸学步"。

193.大地震打断了我的学业。中学校建在低洼的小河道旁。地震翻起的黑沙淤泥把教室埋了半截。震后没几天，学校组织学生挖课桌和凳子。我扛起凳子就回家了，中学生涯暂时告一段落。

194.开学了,同学们扛着小板凳背着书包,老师用独轮车推着黑板到野地里上课。找个开阔的地方,老师把黑板挂在小树杈上,同学们围绕小树坐下拿出书本,膝盖当课桌读书写字。

195.天气渐渐冷了，大队盖了几间抗震棚，算是我们的临时教室。所谓教室摆放三四张课桌，搭起火炕老师居住。男同学坐课桌，女同学坐在炕上，显得拥挤不堪。

196.读初中时，喜欢上了体育运动。我是体育委员兼篮球队长，天天混在球场，痴迷于打篮球。春季和秋季参加公社运动会，标枪、铁饼、铅球挤进前三名，奖状挂满了墙。

197.经过努力勉强考上了马头营高中,班级两位成绩好的同学考上了县二中。村庄十七位同学也只有我们三人读高中了,其余同学都回家挣工分去了。

198.老师授课面向成绩好的同学，讲课节奏快，基本知识点一带而过，于我来说感觉吃力。学习基础差，导致我掌握知识不扎实，总感觉浮在表面，深入不下去。就这样稀里糊涂地参加了高考，结果可想而知。

199.十月份我才去复读。学生宿舍是大通铺,没床位安排住宿了。老师硬是在两个同学之间给我挤出一个空儿。我睡觉好似陷进去,比两边同学矮了一截,难以弯曲腿,翻身困难,只好直挺挺地睡觉。

200.日常，我用先贤身处逆境励志的故事激励自己，用"为实现四个现代化而奋斗"的时代精神激发斗志。和了一盆泥巴，抹在过堂屋大水缸边的山墙上，用菜刀刻出两个碗大的字"攻关"，时刻激励自己。

201.暑假，蚊虫狂飞乱舞。晚上学习，蚊子欢快的叫声时常萦绕耳边。尝试着打一桶水放到桌子底下，腿脚放到桶里防止蚊虫叮咬。几个小时下来，泡得腿脚发白，看来不是一个好办法，也就作罢了。

202. 寒假了，哥哥家的土炕变成了虱子、跳蚤的乐园。白天或栖息在被褥，或炕席、炕角儿，或钻进我的被窝养精蓄锐，晚上才出动与我为伴。俗话说"虱子多了不咬"，不就是留下几个红点点吗？继续我的读书。

203.学校控制早晚自习时间，到点儿强制熄灯。我准备了几根蜡烛，天还不亮，教室门锁着，我从窗户钻入教室，点燃蜡烛晨读。晚上教室熄灯后，点上蜡烛偷偷留在教室再读一会儿。

204.月底了,我准备回家取钱付学费。夜间下了一场大雪,平地雪没到膝盖深。没法骑自行车了,只好步行回家。学校距离村庄十三四公里,吃过早饭,装了几本书背上书包,顶着刺骨寒风,深一脚浅一脚向村庄的方向走去。

205.土路被大雪覆盖了,看不清路面,一不小心踏进雪窝里跌倒,爬起来继续走。大地一片银白,看不清参照物,走错了路口,多走了四五里路才绕到正路上,一直走到傍晚才到家。

206.吃过晚饭,跟母亲说了交学费的事。母亲翻遍了家里存钱的地方,零零整整只凑了不到两元钱。母亲让我到大哥家问问。哥嫂痛快地答应了,拿出十元钱给了我。手拿着钱,站在柜子旁,扭过头去,瞬间眼泪就下来了。

207.一大早,我和邻村杨同学到县一中查看高考成绩。老师告诉我成绩的一刹那,脑子一片空白。稍作平静,感觉到的不是喜悦,而是憋在内心里的情绪瞬间爆发了。"我考上大学了,考上大学了吗!"

208.回家路上，兴奋劲儿还没有过去，与同学边走边说笑，憧憬着大学生活。俩人骑着自行车，在公路上撒开车把，得意忘形，自行车骑到了泥沟里。摔得浑身是泥土，车把歪了，车链子也掉了。

第四章

村野童趣

一、打弹弓

209.儿时，手拿弹弓，仰着脖子，满村子找鸟。看到鸟，拿起弹弓就射过去，追得鸟满村跑。弹弓弹射力不够，射的高度和力度不足，转悠半天也打不到一只鸟，就当是玩耍了。

二、碰捶儿

210.一条腿金鸡独立，一只手扳着另一条腿脚脖子，抬到膝盖以上平端着。一蹦一跳地冲撞对方，攻击对方腿部、膝盖或胸腹部，若对方双脚着地，或者摔倒了就算赢了。这就是小时候常玩的"碰捶儿"游戏。

三、挤油油儿

211.小伙伴们三五成群聚在一起玩挤油油儿游戏。贴着墙边排成一队,边挤边喊"挤油油儿,撼油油儿,挤到姥姥家炕头头儿。"努力把前边的小伙伴挤出队伍。不一会儿,小脸蛋儿红扑扑的,脑袋瓜儿直冒热气。

四、青瓜裂枣

212. 一天下午，我们三个小伙伴趁着下雨天，以挑菜的名义去摸瓜。被看瓜老大爷发现了，追得我们屁滚尿流向大清河方向逃窜。"小兔崽子，再来偷瓜，把你抓起来扭送大队关起来，我已经认识你们啦，我找你家长去。"

五、扇啪唧

213.小伙伴们围着几张纸牌使劲摔打,努力把对方的纸牌掀翻,赢过纸牌。摔纸牌发出一种"啪唧"声音,形象地称之为"扇啪唧"。儿时,小伙伴们口袋里常装着几张啪唧,下课或放学了较量玩耍。

六、逮鱼摸虾

214.我喜欢打鱼摸虾。常跟哥哥们到池塘、河沟捉鱼摸虾。长大点了,我自己去海边捕鱼。俗语讲"吃鱼不乐,打鱼乐",捕鱼活动伴随我度过了童年少年。

215.礼拜四上半天课,急急忙忙跑回家吃午饭,母亲还没有做好,我就等不及了,空着肚子骑上自行车就去海边钓鱼了。约莫五点多钟,感觉有些饿了,收拾渔具、鱼筐骑上自行车往家里赶。

216.走了一段路，感到两腿酸软，身体轻飘，浑身无力。咬牙坚持着下了公路，距离家还有三里土路，两眼冒金星，腿脚也不听使唤了，再也骑不动了，推着自行车缓慢前行。

217.一片白薯地，被乡亲们翻刨了多遍。两眼眩晕，站立不稳，车子扔到路边，踉踉跄跄走了几步，一头栽进白薯地里。匍匐在白薯地里，两手使劲扒土，寻找白薯。找到几根小手指头粗的白薯根须，急忙塞到嘴里大口咀嚼。

218.入冬了，大清河结了厚厚一层冰。扛着尖镐，拿上网抄子、网兜去打鱼。砸开冰窟窿，捞出表层的碎冰碴，把网抄子伸进冰窟窿旋转，鱼被裹挟进旋转的水流中，突然回转，鱼就进入网兜了，这称为"哨鱼"。

七、套知了

219.一根小木棍插在长长的高粱秸秆顶部,一根马尾巴丝一头打个结,另一头儿穿进去,形成一个"圈套",绑在小木棍上,一根套知了工具做好了。慢慢将马尾巴圈套伸向知了头部,突然提拉,圈套收缩,知了就被套住了。

八、学自行车

220.刚刚学骑自行车,个子矮小,骑到座位上够不到脚镫子。只好从车梁下伸出右脚,踩住另一只脚镫子,咯噔、咯噔驱动自行车前行,戏称为"掏裆法"。

221.稍微长大了点,骑在自行车大梁上踩脚镫子。车子停靠在树边,扒着树骑到大梁上,右手推树,借力就骑走了。不长时间,屁股钩子、裆部就受不了啦。

222.放学了,同学们炫耀车技,一只手握把,一只手放到裤兜里,吹着口哨拐着弯骑行。撒开两手,松开车把狂奔。土路坑洼不平,自行车颠簸得厉害,没过多久车子就让我骑得叮当响了。

九、甩猴儿

223.小伙伴们都有几个陀螺,高的矮的胖的瘦的,俗称为"猴儿"。大陀螺一斤多重,用皮鞭子抽打才能旋转。小陀螺拇指大小,线绳就能抽动,小巧可爱。好玩的是小伙伴们制作的一种被称为"飞猴儿"的陀螺。

十、藏猫猫

224.麦秋，生产队的麦秸围着打谷场堆得像小山一样。吃过晚饭，小伙伴们不约而同地来到打谷场。一会儿爬到麦垛上，一会儿打洞钻进麦垛，一会儿抱起麦秸互相抛洒取乐。玩捉迷藏游戏，个个成了稻草人。

十一、嚼甜秆儿

225.小时候对糖的渴望胜过了任何食物。含糖的玉米秸秆、高粱秸秆等农作物，芦苇根等野外植物成了小伙伴们竞相"嚼甜秆儿"的对象。这些植物不用花钱，顺手拈来，大口咀嚼。

十二、玩儿打仗

226.模仿电影里的场景，小伙伴们玩起了"打仗"游戏。扮演正面角色的，正正帽子，勒紧腰带，上下周身收拾利索，威武霸气。扮演反面角色的，歪戴着帽子，斜楞着眼儿，歪着嘴，装扮得贼眉鼠眼、狼狈不堪的样子。

十三、滑冰车

227.三五个小伙伴背起冰车，一溜烟儿朝着大清河奔去。跑得浑身冒热气，冰天雪地里增添了丝丝暖意。小伙伴们比赛滑冰速度，碰冰车。冰钎子夹在两臂间，两手紧握猛戳冰面，使出吃奶的劲儿穿梭在芦苇当中。

十四、爬树

228.手心吐两口吐沫搓了搓。手臂抱住槐树干,两手抓住树瘤子,手脚并用,一气呵成,没几下就爬到树杈上。双手抓住树枝子,悬在半空,一跃而下,平稳落地。

十五、凫水

229.大雨过后，大坑积满了水。小伙伴们脱掉衣服，扑通一声跳入坑里戏水玩耍。爬到柳树上，双手合十，纵身一跃扎入水中，一个猛子游出十几米远。

十六、下散海儿

230.沙滩上栖息着蚶子、蛤蛎、蛏子等贝类，春秋季是小伙伴们"下散海儿"的好时机。眼看快要到海边了，边跑边挽起裤腿，光着脚丫子，蹦跳着跃入海滩，轮起二齿钩子就是一阵挠齿。

十七、小人书

231.有了一本新小人书,不时拿出来向小伙伴们炫耀。屁股后边追着一帮小伙伴,乞求给看一眼。几个人蹲在墙角,小脑袋凑在一起,小心翼翼地翻给小伙伴们看。边看边七嘴八舌地议论着,揣摩着小人书里的情节。

十八、杂耍儿

232. 推轱辘圈儿。 弓着身子，手拿铁钩子推着铁环跑，滚出各种各样的曲线，这就是推轱辘圈儿游戏了。我的铁环是一个废弃的木桶箍，一个两尺多长的铁钩子。放学了，小伙伴们常聚在一起推着铁环玩耍。

233. 发滚儿。平整光滑的地面上，放一块砖倾斜45°角作为滑道，拇指和食指捏住铜钱，闭上一只眼瞄准前方，迅速松开手指，铜钱顺着砖面自然滚落，谁的钱，滚得远，谁就是赢家，这就是"发滚儿"游戏，也称为"滚钱儿。"

234. 弹玻璃球。一只玻璃球放到地上，另一个小伙伴在距离玻璃球一米左右的地方，拇指和食指夹住玻璃球，半趴在地上，闭着左眼，右眼瞄准，朝着另一个玻璃球弹射出去。砸到玻璃球就赢了，玻璃球归小伙伴了。

235. 万花筒。透过小孔,一只眼看上去,不断转动万花筒,变换出五颜六色的图案,这就是万花筒。我有一只老旧的万花筒,如获至宝,秘不示人,到我家里来玩的小伙伴才给看一眼,大多数时间自己偷偷地观赏。

236.轧鸟笼。进入春季,早早地开始轧制一种被称为"滚笼"的鸟笼子。安放一个鸟食罐,两根小木棍儿,做鸟架,粗铁丝做一个挂钩,两边安装滚动跳板,一个简单的鸟笼就做成了。

237. 编笊篱。不知何时我学会了编制铁丝笊篱。用各种型号的铁丝编制笊篱，相当于现在的漏勺，安装上木质手柄，一把笊篱就做成了。

238. 铸勺子。冬季，生起煤炉子，不时拿着炉钩子，一会儿加点煤，一会儿捅咕几下炉箅子，一会儿烧点苞米骨头，这样才觉得有意思。铝、锡的熔点低，常用来铸造勺子、碗、筷子玩耍。

239. 做铁夹子。8号铁丝作为夹子架,钢丝做成弹簧,一截小木棍和线绳做成梢梢,铁夹子就做成了。我做得铁夹子美观好用,还送给小伙伴们玩耍。

240. 扔锡锞子。地面上挖两个锥形的小洞，距离十米八米，称为"锅"。锅外划一道线，大家轮番对准一个"锅"扔锡锞子。谁的锡锞子，距离锅底近，谁就赢了，这种游戏称为"扔锡锞子"或者"扔坑儿"。

241. 揰皇上。实际就是扔沙包儿。选出两人，相距十米八米站好。另一组人站在两人中间，俩人用沙包扔来扔去，击打站在中间的一组人，被打中的人淘汰出局。如果接住一个沙包，就算救活“一条命”，出局的人可以再回到队伍。

242. 分线儿。双手四指并拢，将线圈在手掌上各绕一圈撑起来，右手中指从左手线圈由下往上挑过去。另一人拇指和食指捏住线的对称部位翻掏，将线架撑到双手上，呈现出不同的线状图案。

243. 摔瓦瓦斗儿。夏季常玩的游戏。每人分得一块相同大小的泥块，揪下一块做成钵盂状。举起来使劲往地上摔打，"砰"一声响，泥炮崩开一个窟窿。小伙伴用泥把窟窿给补上。窟窿越大，赢得泥就越多。

244. 洋火枪。用自行车链条、铁丝和皮筋制作洋火枪。玩耍时掰开前端的链扣，将火柴棍塞入铆钉孔，扣动扳机，枪栓高速撞击火柴头，产生动能把火柴棒喷射出去。洋火枪的响声和烟雾，有那么点枪的感觉，越打越上瘾。

245. 滚倭瓜。 大街上放几个秫秸秆做的"大倭瓜",在东北风的吹拂下,顺着风的方向滚动,小伙伴们在后边嬉笑追逐。"倭瓜"遇到坑洼不平,会弹跳飞起来。一阵狂风刮来,小伙伴们追不上了,倭瓜就滚得无影无踪了。

246. 吹柳哨。小伙伴们折下几根柳条，撸掉柳芽，得到一根光滑的柳条，剥下柳皮管做成柳哨儿。轻轻吹气，柳哨便发出清脆悠扬的哨声。

247. 做槐球。深秋，小伙伴们三五成群到大槐树下捡槐米，拿回家做槐米球玩耍。一把槐米用石块捣碎成泥，搓成球状。线绳一端置入球心包起来，拿槐球在草木灰上滚几遍，再搓一会儿，黝黑锃亮，放到窗台上晾干就可以玩耍了。

248. 欻大把儿。"欻大把儿"也称为玩"嘎拉哈"。玩欻大把儿游戏场地不限，炕上地上桌子上均可，玩法众多。女同学们课间休息、闲暇时常玩儿的一种游戏。

第五章

流淌的村庄

一、拓荒耕耘　繁衍生息

249.大清河从村庄西北奔流而来，流经村北，突然转向南，逶迤入海。得益于大自然的眷顾，先人们逐水而居，渔樵耕读，安居乐业，世代繁衍已逾600余年。这就是我魂牵梦绕的"村庄"了。

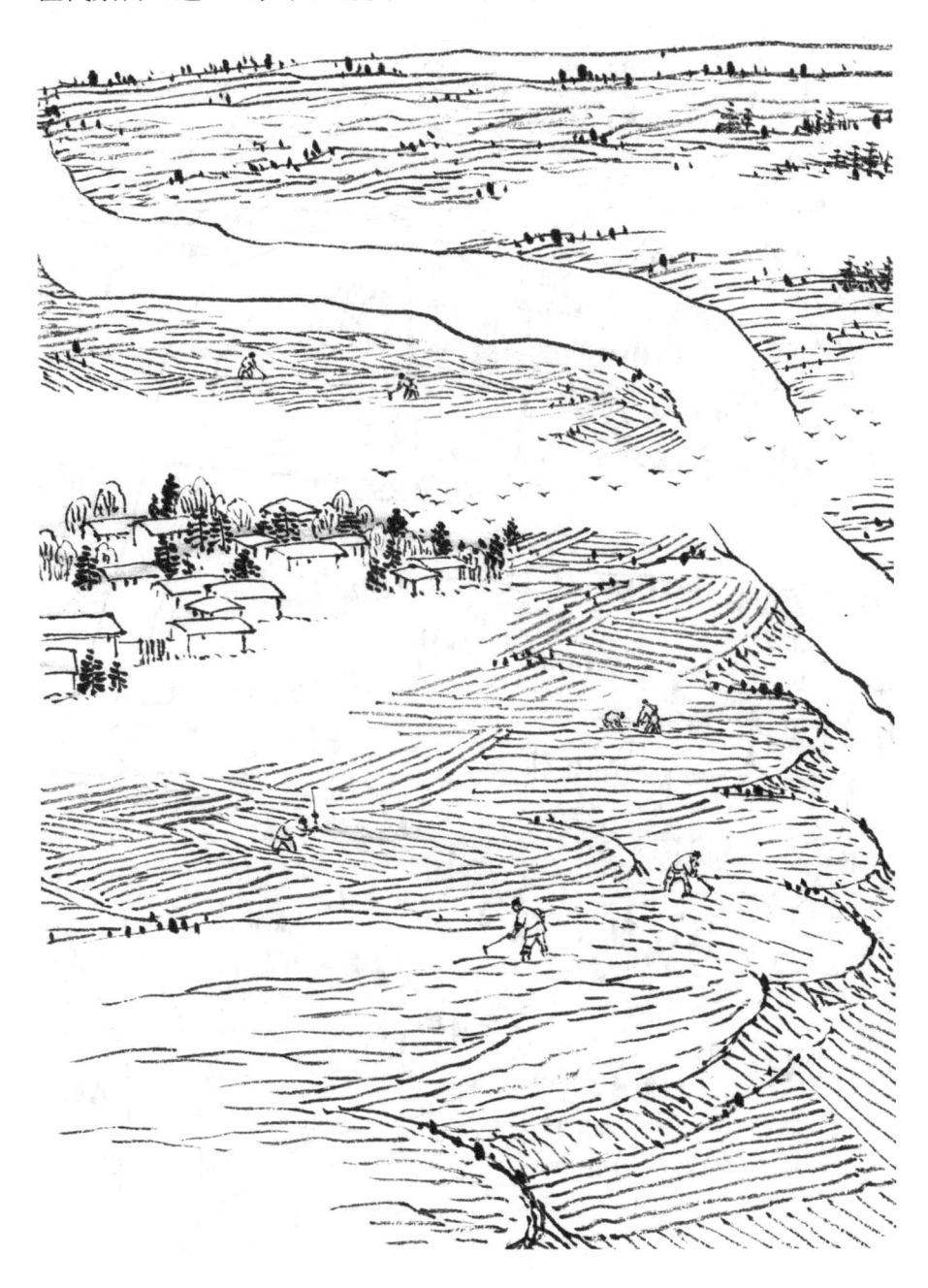

250.大清河流经马头营西南分出一个河汊子,环绕几个村庄又汇入大清河,人们习惯把大清河与河汊子围起来的一片区域称为"套里",自古就有套里十仨庄之说。村庄就坐落在套里一片沙坨地的制高点上。

251.起初,李姓先人越过大清河进入河套区域,垦荒耕种,落地生根,取名"李家铺"。祖祖辈辈辛勤劳作,开垦出了错落有致像鱼鳞一样分布的耕地,俗称"鱼鳞地"。

252.马头营临近大清河口,自古即为漕运码头和海防重镇。据史料记载,晋代县域内即设置了"乐安亭"和"新安亭",新安亭即是现在的马头营镇所在地。换句话说,先有了"乐安亭"和"新安亭",后才有了乐亭县。

253.孙家原居住在马头营镇。李家与孙家本就交好，李家盛情邀请孙家搬到套里居住，一同开荒耕种，壮大村庄力量。孙家入住后，经双方协商村庄名称由"李家铺"改为"孙家套"了。

二、营桑农商　耕读传家

254."澍裕堂"是村庄里最有权势的家族。祖上与朝廷官宦有千丝万缕的联系，县官上任都要到孙府拜访，族人多与县内望族联姻。民国年间，澍裕堂堂主孙荫秋被尊称为"大先生"。此人心地善良，扶危济困，受到族人的尊敬。

255.话说北澍裕堂盖大宅院，孙盛春大舅的太爷爷担任营造总管，负责总体设计和监督施工。冀东传统宅院呈长方形，前后两进合院，平顶房。前院包括大门、二门，东西厢房和正房，后院还是东西厢房、柴房、碾棚、花园等。

256.正房建设廊庭,俗称"前出一廊",六根明柱做支撑。老东家从南方购买了红木,租用商船运来,花费了许多银两。木匠带着徒弟裁截木料,不小心把一根柱子截短了四寸,顿时吓出一身冷汗。

257.木匠向大总管禀告，说明缘由，磕头作揖请求谅解。大总管知道出大错了，这么珍贵的木材短时间也没地方去找啊。事到如此，责骂木匠也没用了，只好将错就错。"晚上我去找东家聊天，你们如此这般，按我说的去准备吧。"

258.木匠带着徒弟扑通一声给大总管跪下,"我们犯大错了,尺寸没有度量好,一根立柱多锯了四寸,请您处罚。"大总管听后,哈哈大笑。"这个尺寸是对的,你们没有锯错。锯掉的部分刻成莲花宝座,这样既美观又稳重"。

259.建好廊庭，乡亲们来参观，都说莲花宝座美观大方，寓意吉祥。老东家也赞扬大总管和木匠的精巧设计，于整个建筑是点睛之笔。大总管急中生智，将错就错，木匠也出彩了，事也圆过去了，坏事反而变好事了。

260.相传,大先生的爷爷一口大刀神出鬼没,功夫了得。适逢进京赶考,立马横刀表演"镫里藏身"。慌里慌张从马肚子翻上来,脸背对马头了,闹了个大笑话。皇上:"这位举人如此武艺,将来如何带兵打仗,不可录用,取消功名。"

261.据清光绪乐亭县志记载,澍裕堂家族的孙国桢考取了光绪癸未科进士。曾任山东兖州府曲阜、乐安等知县。为官勤政清廉,治理有方,颇有声望。曾从教于乐亭城北井坨宋氏学馆,授业学生多考取功名。

262."澍裕堂"名称和牌匾大有来头。一次，大先生到城北刘氏庄园博彩。刘家少爷赌输了，请状元翁同龢写了"澍裕堂"三个大字，刻了牌匾，送给大先生算是抵债了。大先生如获至宝，悬挂堂前，无上荣耀。

三、勇闯关东　回馈乡里

263.先辈们不满足于一亩三分地,追随着乡党的足迹下关东走边外。或做学徒工当伙计"住地方",或拜师学艺谋生计,或经商做买卖。村庄人追求美好生活的脚步从未停止过。

264. 自晚清东北开禁至中华民国百十年间，家家户户闯关东。或单枪匹马，或三五好友"上关东，走边外"，到东北经商做买卖。聚集在长春、沈阳、哈尔滨等大城市及周边县市。

265.三爷爷四爷爷民国年间闯关东,落脚哈尔滨做小生意,挣了钱汇回村庄盖起了大宅院。大舅40年代闯关东,靠捡煤核扛大包为生。大姑也跟随着老乡落脚到沈阳一个叫"老呔窝"的地方,在街道作坊打零工谋生。

266.村庄人上关东投亲靠友习商经商，虽少有豪商巨贾，也不乏大大小小的成功人士。从底层学徒工做起，慢慢熬成掌柜的，混迹职场；或经营小本生意，买卖家乡特产，赚点辛苦钱；或到工厂做工，当制铁纺织鞋帽工人混口饭吃。

267.一位闯关东的李姓族人做到了黑龙江省某个城市商会会长,村庄人尊称"二掌柜"。二掌柜的对家乡人关照有加,族亲和村庄人多投奔他去谋生,谁家有个大事小情定会倾囊相助。

268.村庄李家妹妹跟随兄长到哈尔滨谋生,嫁给黄姓男子。男人染上了抽大烟的恶习,抽光了家产,还欠了一大笔烟膏钱。烟馆逼债,男子把老婆典卖到了窑子里。

269.李会长通过老乡得知后,二话没说,准备了一百块大洋,次日就到妓院把李家妹妹赎了出来。

270.民国年间,一位闯关东的李姓孝子,诨号"冰溜子"。少年丧父,娘俩吃了上顿没下顿。后来闯关东学木匠手艺安家落户,娶上了媳妇,还把母亲接到了东北。

四、同仇敌忾　保家卫国

271.日伪军在马头营、红房子建立据点，进行残酷统治。冀东八路军游击队活跃在沿海广袤的土地上开展抗日救亡活动，打击日伪军。村庄先后有几十人参加了八路军游击队。

272.孙盛春老人是村庄首任儿童团长，父亲是第二任儿童团长。北澍裕堂的孙玉淑担任女儿童团长。如今孙盛春老人已经 94 岁高龄了，耳聪目明，思维清晰，讲起当年儿童团的故事两眼放光。

273.日常，儿童团员扛着一杆木枪练习站队、走操、队形等准军事化训练。站岗放哨，验路条盘查过路行人，送"鸡毛信"传递情报，唱抗战儿歌，宣传抗日救亡思想。

挖交通沟

274.游击队发动群众挖交通沟，也称"跑反沟"。交通沟将各个村庄连接起来，传递情报，发现敌情掩护群众转移，同时迟滞日伪军清乡扫荡。

275. 一次，驻扎在马头营的日伪军得到套里孙庄挖交通沟的消息，鬼子派伪军来抓捕参与挖交通沟的干部群众。伪军把带头挖交通沟的村政副孙玉堂五花大绑扔到交通沟里填土活埋。

送鸡毛信

276.一天傍晚,游击队员来到村庄活动,有重要情报需要送到西石碑村。派儿童团员小豆子和二宝去送信。信折叠好缝到了小豆子衣角里,二人趁着夜色出发了。

277.深秋的夜晚,伸手不见五指。二宝没走过夜路,吓得边走边哭。情报送到后,俩人扭头急匆匆往回赶。次日二宝就病了,发烧说胡话,滴水不进,几天后二宝就去世了。

"豆子哥,我害怕不敢走了,咱俩回去吧。"

"咱送的是游击队重要情报,不按时送到会造成重大损失的,咋能说回就回呢。"

唱 儿 歌

278.八十多年过去了,孙盛春老人哼起抗战儿歌,依然能强烈地感受到当年抗战的烽火岁月。村庄的抗战儿歌使用方言土语,不太顺口也不太押韵,字字句句却饱含着村庄人参加抗战的热情。

"四点五点钟,太阳一东升,儿童团来放哨,检查行路的人;远看山前山,近看路途中;东张张,西望望,没有一个人……"

跑 敌 情

279.女儿童团员小英，家住村庄东北角，不远处就是大清河。小年这一天，小英娘准备了炖肉和干饭。吃饭前，小英去后院厕所，突然发现日伪军正从河沿往村庄方向行进。

280.小英也顾不得上厕所了,拔腿就向屋里跑,边跑边喊"鬼子来了"。一家人顾不得吃饭了,向村东南交通沟方向跑去。村民听到了喊声,撂下饭碗,顺着交通沟朝下洼村方向跑去。

接收日伪物资

281.得到鬼子投降的消息,村庄派大马车去红房子接收日伪物资。孙盛春大舅和本家二哥也跟着去了。提前一天就出发了,晚上住在了安家海村一户人家。

282.二人一大早赶到了红房子，大人们忙着寻找物资。二人来到武器库，看到枪支弹药堆满了屋子，每人摸了五颗手榴弹，揣在怀里，蹦蹦跳跳地跑回家了。

283.回到村里，俩人把手榴弹藏在了大伯家门口的茅厕里。一天，大伯去厕所，无意间搬动柴草，突然发现几颗手榴弹，顿时吓出一身冷汗。

284. 大伯突然想起，前几天俩小子去了红房子接收战利品，是不是他们拿回来的。大伯询问此事，大舅只好老实交代了。过了几天，大伯把手榴弹交给了游击队员。

"我代表八路军游击队对你们提出表扬，也算你们为抗战作出了贡献。"

285.游击队员从接收鬼子的战利品中，拿出两件军用帆布奖励给了大舅和二哥，两人美滋滋地抱回家了。帆布使用了许多年，也算是参加抗战的纪念品吧。

五、秉承传统　情满乡土

金 元 宝

286.孙老头清早来到村庄西北角池塘边拾粪。恍惚看见一只老母鸡领着一群小鸡在路上行走。孙老头纳闷,大清早哪来的鸡呀。试探性地将粪叉子扔向鸡群,不巧砸中了一只小鸡,扑腾几下死了。老母鸡赶紧带着其他小鸡逃跑了。

287.孙老头走到近前,打死的小鸡不见了,却见一个大金元宝闪着金光躺在地上。喜出望外,心想这下可发大财了,急忙猫腰去捡拾。刹那间,老母鸡突然出现啄了一下他的手,瞬间鸡又不见了。

288.回到家里,孙老头手背从鸡啄的地方开始慢慢溃烂,越溃烂越大,孙老头只好去就医。结果手慢慢治好了,元宝钱也花光了。

宝 匣 子

289.从前，村庄有位李老先生，常年在东北讷池河"驻地方"。清晨清扫院子，突然发现一只狐狸趴在雪地里，好像是受伤了。赶紧抱进屋里清洗伤口敷了创伤药，精心喂养了几日。狐狸伤病痊愈了，一步一回头地告别了老先生。

290.一天，老先生在店面当班，进来一个小伙子，青衣长褂，眉清目秀，诚邀老先生到他主人家做客。"你们东家是谁呀""到了你就知道了，跟我坐车走吧。"

291.也不知走了多久多远,天快黑了,来到一处地方,眼前是一座巨大的宫殿。四梁八柱,金碧辉煌,不像是在人间,好像是玉皇大帝的天宫。老先生并不知道,这儿的主人就是他救过的狐狸,已经修炼成"狐狸精"了。

292.狐狸精想:"恩公在我这感到拘谨了,看来也待不下去呀"。吩咐宫女捧来一个包裹,拿出一个精致的木匣子。"这是我送给您的宝匣子,可作防身之用,不到万不得已不要打开,老先生千万要牢记啊"。"我记住了,谢谢老仙家"。

293. 恍恍惚惚中，李老先生回到了讷池河，没有给众人讲述这次经历，而是向东家提出了辞职。东家不舍，但考虑到老先生年岁大了，回老家颐养天年也在情理之中就答应了。

294.老先生回到村庄"开堂子"给人看瘾症，俗称"跳大神的"。话说，西石碑村有一大户人家，老太太被长虫精迷住了。闻听老先生看病了得，赶紧请来。摆上香案和黄纸，一挥而就画成咒符，喷上法水，口念咒语，将长虫精赶走了。

295.老太太恢复正常了，与家人说说笑笑。正准备吃饭，老先生突然站起身来说有急事，坐上马车就往家里赶。到了石碑河，长虫精飞身与老先生缠斗。老先生"画符"免灾。画一道符咒，把长虫精斩为两截，马上又恢复了。

296.情急之下，老先生想起了狐狸精送给自己的宝匣子。打开匣子见一把宝剑闪耀着光芒，老先生拿起宝剑挥舞，将长虫精头颅斩掉见阎王爷去了。宝剑却被狐狸精收走了再也没有回来。

贞洁烈妇孙媳妇

297.李家是村庄的大户人家。屡次出殡，家人哭得撕心裂肺。原来这一年，村庄发生了一场大瘟疫，百余天的时间李姓人家几十口人相继死去，只剩下六十多岁的爷公公和二十岁出头的孙子媳妇。

298.孙媳妇也是大户人家出身，从小读书识字，知书达理。决心节孝守寡，照顾年迈的爷公公。秋收了，爷公公和孙媳妇收谷子，打完场将谷子装入口袋。孙媳妇帮着把米袋子放到爷公公肩上，爷公公一路小碎步把米袋扛回了家。

299.孙媳妇是开明之人。见爷公公还能扛起一口袋谷子,身体还算结实,心想"何不给爷公公再娶一房媳妇呢,说不定还能给老李家留下后代呢。"孙媳妇把这个想法给爷公公讲了,爷公公听后坚决不同意。

300.经孙媳妇多次开导,爷公公也就默认了。媒婆说合,选了一位四十岁上下的妇女给爷公公做媳妇。果不其然,李奶奶生了一对双胞胎儿子,按辈分是孙媳妇的两个小叔叔。一家人和和美美,其乐融融,过着平淡的日子。

301.天有不测风云,两个小叔叔四五岁时,爷公公和奶奶相继去世。孙媳妇承担起了照顾两个小叔叔的责任。日月如梭,眼看两个小叔叔十八九岁了,张罗着给两个小叔叔说了媳妇。

302.孙媳妇把两个叔叔叫到眼前,说了自己的想法。哥俩闻听,立马跪倒在侄媳妇面前劝说。侄媳妇见此情形,不再提改嫁的事了。孙媳妇渐渐老了,哥俩床前床后尽心伺候。侄媳妇去世了,哥俩披麻戴孝安葬了孙媳妇。

火烧孙家门楼

303.太姥爷杀年猪的消息传到了"大屁股"耳朵里。此人好吃懒做,偷鸡摸狗,十足的嘎杂子琉璃球,靠"吃庄害户"过日子。平日里,米斗放到大街上,用脚一踢,小斗子滚到谁家门口,谁就得给装点米,用他的话说"我得吃饭"。

304.大屁股:"听说你家要杀年猪了,给我赊几斤肉呗。"太姥爷心想:"这个无赖要是来了,还不得要我半个猪去。"拒绝他还不行,怕他捣乱。太姥爷谎称说送到"澍裕堂"去杀猪,大屁股就不敢去要猪肉了。

305.大屁股没有要到猪肉,怀恨在心。年三十,半夜三更大屁股鬼鬼祟祟地抱着几捆苞米秸,放到太姥爷家门楼点燃了。火越烧越大,太姥爷发现后,赶紧喊人救火,这才没有烧到房子酿成大祸。

306.大屁股父子祸害村庄百姓,被乡绅大先生告到了县里。县衙将大屁股和他的小儿子缉拿归案,判了刑,关进了监狱,牢底坐穿了。

打 官 司

307.话说孙二寡妇,家境殷实,丈夫早早去世了,留下不少田产。膝下无儿无女,打算过继一个儿子继承家产,养老送终。与二寡妇有亲缘关系的人家,争着过继儿子。

308.孙老水与二寡妇是远门本家。另一户人家孙大忠也声称自己跟二寡妇亲缘关系近。两家都想过继自己的儿子。双方公说公有理,婆说婆有理,争得面红耳赤,互不相让。

309.两家请大先生主持公道。大先生认为孙大忠与二寡妇血缘关系近，应该过继他家的孩子。孙老水不服，大先生多次调解无果。孙老水告到官府，两家到县衙打起了官司。

310.县太爷:"你们两家为啥事闹到公堂上来了,把详情如实招来。"孙老水能言善辩,大堂之上,口若悬河,胡编乱造,从前几辈讲起自己家与二寡妇家亲缘关系,云云。结论是自己亲缘关系近,应该过继自己的儿子。

311.大先生乃厚道之人，摆事实讲道理，客观地说明自己的理由。孙老水竟然在公堂之上胡编乱造，强词夺理。大先生越听越气愤，顿时血往上涌，当堂气的昏厥过去了。

312.大先生是村庄的名门望族,县太爷都高看一眼,真的把大先生气个好歹也担待不起。孙老水吓坏了。县官和稀泥,让哥俩回去协商解决,官司就这样稀里糊涂的断了。

创作小记

潇冰先生最初联系我，说要把《流淌的村庄》这部作品改编成连环画，本想推辞的。我已经七八年没有接长篇连环画创作了，这不是一件轻松的事。但这个题材让我动了心，六七十年代的农村生活我能感同身受，这是我特别喜欢的题材，于是就欣然接受了创作。潇冰先生是个爽快人，也是重情重义之人，他对家乡有深厚的情感，这一点让我感动。经过几个月的紧张创作终于完成了。小时候体验过农村生活，但对冀东农村的生产生活场景并不算熟悉，其中一定有不少错漏之处，还望广大读者批评指正。

李春明（老春）
2023年6月于京